Para Kyle y Penelope
J.R.S.

Para mi madre
M.S.

Puedes consultar nuestro catálogo en
www.picarona.net

EL CÁNCER ODIA LOS BESOS
Texto: *Jessica Reid Sliwerski*
Ilustraciones: *Mika Song*

1.ª edición: septiembre de 2019

Título original: *Cancer Hates Kisses*

Traducción: *Verónica Taranilla*
Maquetación: *Montse Martín*
Corrección: *Sara Moreno*

Edita: Picarona, sello infantil de Ediciones Obelisco, S. L.
Collita, 23-25. Pol. Ind. Molí de la Bastida
08191 Rubí - Barcelona
Tel. 93 309 85 25 - Fax 93 309 85 23
E-mail: picarona@picarona.net

ISBN: 978-84-9145-294-2
Depósito Legal: B-15.531-2019

Impreso por ANMAN, Gràfiques del Vallès, S. L.
c/ Llobateres, 16-18, Tallers 7 - Nau 10. Polígono Industrial Santiga
08210 - Barberà del Vallès (Barcelona)

Printed in Spain

El cáncer odia los besos

Jessica Reid
Sliwerski

Ilustraciones
Mika Song

 Picarona

Mamá es una superheroína de la lucha
contra el cáncer.

Una superheroína
es valiente.

Cada día le patea
el trasero al cáncer.

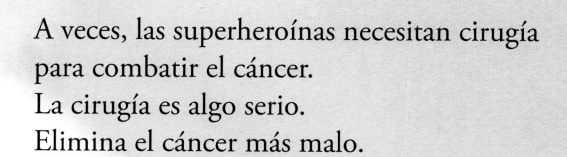

A veces, las superheroínas necesitan cirugía
para combatir el cáncer.
La cirugía es algo serio.
Elimina el cáncer más malo.

Mamá tiene cicatrices después de su cirugía.
Dice que son «heridas de guerrera».

Nosotros besamos las heridas
de guerrera de mamá.
El cáncer odia los besos.

A veces las superheroínas necesitan quimioterapia
para combatir el cáncer.
La quimio es una medicina poderosa.
Envenena el escurridizo cáncer oculto.

La quimio es un trabajo agotador para una superheroína.

Mamá necesita descansar después de la quimio.
Cuando mamá descansa, su cuerpo se fortalece.
Y entonces puede volver a patearle el trasero al cáncer.

Damos a mamá muchos abrazos.
Los abrazos ayudan a las superheroínas a recargar las pilas.
El cáncer odia los abrazos.

La quimio hace que el pelo de mamá se caiga.
Ahora está calva.
—¡Se te ve fuerte! –le decimos.

—Me siento fuerte –dice mamá, mostrando
su deslumbrante sonrisa.

Frotamos suavemente su cabeza calva.

—Estás guapa –le decimos, mostrando nuestras
deslumbrantes sonrisas.

El cáncer odia los elogios,

y, *definitivamente*, odia las sonrisas.

Hay días en los que mamá tiene que utilizar toda
su fuerza de superheroína para pelear contra el cáncer.
Después, está tan cansada… Y, a veces, está triste.

La vemos llorar.

Entonces ponemos música y bailamos
para ahuyentar las lágrimas.
El cáncer odia las fiestas y el baile.

Le hacemos bromas a mamá para que se ría.
El cáncer odia las risas.

A veces las superheroínas necesitan radiación
para combatir el cáncer.
La radiación es una luz muy potente.
Destruye el cáncer más pequeño.

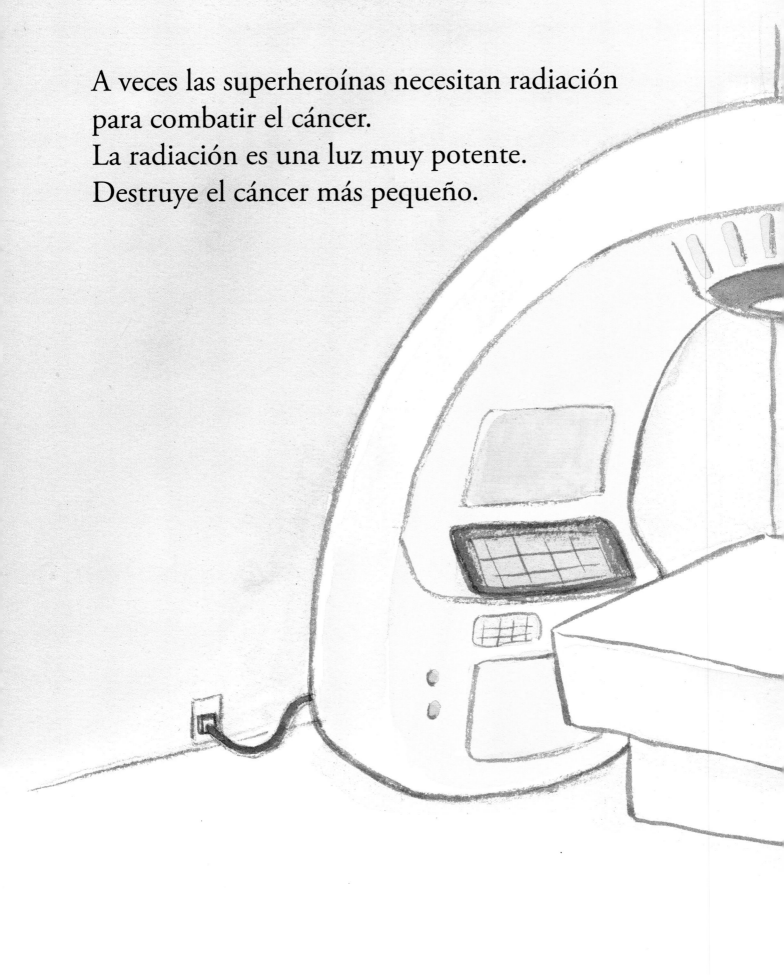

¡Celebramos lo valiente que es mamá
chocando los cinco!
El cáncer odia chocar los cinco.

Cada día nos asombra más
nuestra poderosa mamá
superheroína.

—¿Qué te hace ser tan valiente? –preguntamos.
—Vosotros –dice ella–. Vosotros me dais mi fuerza
de superheroína.

El cáncer odia el amor.

Nota de una especialista en cáncer

Cuando una madre recibe un diagnóstico de cáncer, nueve de cada diez veces, su primer pensamiento es acerca de sus hijos. Paradójicamente, en esta era de Internet y de sobrecarga de información, hay escasez de recursos que enseñen la manera correcta de transmitir la información sobre el cáncer a los hijos.

Tu meta, como cuidadora, es ayudar a tus hijos a sentirse lo más fuertes posible. Cuando le hablas a un niño pequeño, no necesita saber cosas específicas de tu situación, ya que probablemente le haga sentirse confuso. Lo que tu hijo necesita realmente es saber cómo le afectará tu diagnóstico. Háblale sobre tu tratamiento y el período de recuperación con sencillez y con términos concretos, y anticípale los cambios que se producirán en el día a día. Los niños son extremadamente sensibles y notarán cuando sientas miedo e incertidumbre, así que haz todo lo que puedas para permanecer serena y optimista. Los niños de todas las edades necesitan sentir que tú controlas las situaciones para sentirse seguros y a salvo.

Éste es un libro maravilloso y alentador que ayudará a muchas familias. Es único en su capacidad de comunicar a los niños lo que es recibir un diagnóstico de cáncer, mientras mantienes la actitud positiva.

Dra. Elisa Port, jefa de cirugía mamaria del Hospital Mount Sinai,
codirectora del Dubin Breast Center y autora del libro
The New Generation Breast Cancer Book.

Nota de la autora

Poco antes del nacimiento de mi hija, Penelope, se me diagnosticó un cáncer de mama invasivo. *El cáncer odia los besos* es la historia de cómo mi bebé, con sus besos, sonrisas, mimos y risas, me dio el coraje de una superheroína para combatir el cáncer. Mi hija me enseñó que la alegría, el amor y la risa no sólo son excelentes distracciones cuando tienes cáncer, sino que también son unas de las mejores medicinas. Escribí este libro para dar a las familias afectadas por el cáncer una manera fortalecedora de hablar a los niños acerca de la enfermedad y, al mismo tiempo, brindarles a sus seres queridos un mecanismo de apoyo para esos tiempos difíciles. A través de esta historia, los niños aprenden que el miembro de su familia no es una víctima del cáncer; ella o él son fuertes, valientes y hermosos guerreros que se nutren de la fuerza que proviene del amor. Para más información, visita www.msreidreads.com

Una parte de mis ingresos irá destinada al Dubin Breast Center del Hospital Mount Sinai. Gracias a los doctores Eva Andersson Dubin, Elisa Port, Julie Fasano, Marilia Neves y Carlin Vickery, y a Ashley Smokovich, Ebony Reynoso y Shaziya Keswami por salvar mi vida y por todo lo que estáis haciendo para salvar las vidas de otras mujeres.

JESSICA REID SLIWERSKI